Kathy Cuddle

Bajki na dobranoc

Pierwsze wydanie: Styczeń 2017
Edycja Zielona

CĘTKOWANY WĄŻ I DWIE MAŁE MYSZKI

*D*awno, dawno temu, za górami, w pięknym zielonym lesie mieszkały dwie małe myszki.

Obie miały duże niebieskie oczy. Jedna z nich miała różowy brzuszek, dlatego też nazywała się Róża, a druga miała brzuszek koloru białego i nazywała się Białka.

W lesie, dwie małe myszki zamieszkały w starym, spróchniałym kawałku drewna. Róża mieszkała na jednym końcu, a Białka na drugim. Mimo że małe myszki były sąsiadkami i najlepszymi przyjaciółkami, strasznie lubiły konkurować między sobą w różnych grach i zabawach.

Kiedyś ścigały się przez las, innym razem mierzyły kto potrafi skoczyć wyżej.

Blisko ich norek, na dużym drzewie, mieszkał bardzo długi fioletowy wąż, jego plecy pokryte były czarnymi kropkami i dlatego nazywano go centkowanym wężem. On także był najlepszym przyjacielem myszek.

Za każdym razem kiedy myszki ze sobą konkurowały centkowany wąż liczył im punkty i był sędzią w każdym konkursie. Mierzył im czas i upewniał się że myszki przestrzegają zasad, ale każde zawody i gry kończyły się w ten sam sposób... Róża i Białka zawsze remisowały i nie było zwycięzcy.

Pewnego słonecznego dnia, centkowany wąż postanowił odwiedzić swoją ciocię, która mieszkała na skraju lasu. Niedaleko jej domu spostrzegł ludzi pakujących jedzenie.

„Hmmm..." – pomyślał – „*Musieli mieć wspaniały piknik...*"

Kiedy w końcu ludzie oddalili się, centkowany wąż przypełzł bliżej i zobaczył że zostawili spory kawałek sera.

    - Taaak! – krzyknął zadowolony. Do głowy wpadł mu bardzo fajny pomysł.

    - Co się stało? - zapytała Ciocia, wypełzując z domku.

Centkowany wąż był za bardzo podekscytowany żeby teraz wszystko wyjaśniać

    - Przepraszam ciociu, musze iść, odwiedzę cię jutro i wszystko wyjaśnię – odpowiedział, zawijając ogon wokół sera i zabierając go szybko oddalił się w stronę domu.

Kiedy wrócił do swojego dużego drzewa, schował ser pod stertą liści i zawołał swoich małych przyjaciół.

- Róża, Białka! Wyjdźcie na zewnątrz!

Ze spróchniałego drzewa dochodziły jakieś głosy...

- Mam dla was nowe zadanie! – krzyczał dumny z siebie centkowany wąż.

Dwie małe myszki wyszły ze swoich norek w tym samym czasie , każda ze swojej strony i zaczęły biegać w kółko podekscytowane, bo nie było nic co kochały mocniej niż zawody.

- Ta-da! - Wykrzyknął cętkowany wąż uśmiechając się, za jednym zamachem ogona, zmiótł liście z sera.

- Taaak! Kochamy ser! Co mamy robić? Co mamy robić? – dopytywały się chórem myszki, skacząc i klaskając w swoje myszkowe malutkie łapki.

- Podzielę ser na dwie części. Myszka która zje swój kawałek pierwsza wygra! – wyjaśniał cętkowany wąż łamiąc ser na dwa kawałki.

Poprosił myszki aby ustały naprzeciwko siebie, każda ze swoim kawałkiem sera.

- Jeżeli nie zjecie całego kawałka będziecie zdyskwalifikowane. Wygra myszka która zje ser pierwsza, więc musicie się spieszyć - zaśmiał się cętkowany wąż i wspiął się na swoje drzewo

- Gotowe? Do startu... Start!

Dwie myszki od razu zaczęły jeść z prędkością światła.

Róża jadła tak szybko jak tylko mogła, widząc to Białka zaczęła jeść jeszcze szybciej.

Centkowany wąż dopingował:

– Dawaj Różą! Szybciej Białka!

Obserwując się nawzajem, myszki jadły szybciej, szybciej i jeszcze raz szybciej a ser znikał i znikał i jeszcze raz znikał z każdą upływającą sekundą.

W końcu myszki zostały z ostatnim kawałkiem sera i pełną buzią. Szybko przełknęły i wgryzły się w niego. Zjadając resztki sera, obie krzyknęły w tym samym czasie:

- Pierwsza!

- Ja pierwsza!

- Hmmm... Zobaczmy...- powiedział cętkowany wąż ześlizgując się z gałęzi, rozejrzał się dookoła swoimi wielkimi zielonymi oczami, pełzając od jednaj myszki do drugiej, z wielkim uśmiechem na twarzy powiedział:

- Zwycięzcą jest...Róża...i Bianka! Znowu zremisowałyście!

- Wiedziałam! Wiedziałam!- krzyczała Róża.

- Ja też! Ja też! - dodała Białka i trójka przyjaciół zaczęła się śmiać.

MOTYL I KAMELEON

Dawno, dawno temu było dwóch najlepszych przyjaciół, jeden był gąsienicą a drugi

kameleonem, bardzo siebie lubili ponieważ wyglądali podobnie i w tym samym czasie strasznie się od siebie różnili.

Oboje mieli bardzo ciemnozielone plecy i jasnozielone brzuszki. Gąsienica miała szesnaście nóg i dwie antenki na czubku głowy, za to kameleon miał tylko cztery nogi i bardzo długi język.

Mieszkali na małej wyspie, która nazywała się Sycylia. Tam kameleon mógł wygrzewać się na słoneczku a gąsienica jeść, jeść i jeszcze raz jeść liście cały dzień.

Pewnego słonecznego dnia kameleon zasnął, leżąc na cieplutkim kamieniu. Kiedy się przebudził, ziewając rozejrzał się dookoła w poszukiwaniu swojego przyjaciela, gąsienicy, ale nigdzie go nie zauważył. Kameleon przetarł oczy i rozejrzał się jeszcze raz ale nigdzie go nie było.

„Jak to możliwe" – pomyślał.

Jego przyjaciel nigdy nie oddalał się od swoich ukochanych krzaków z których uwielbiał jeść liście.

„Gdzie jest mój przyjaciel? Gdzie poszedł beze mnie? Dlaczego mnie nie obudził?" – zastanawiał się kameleon.

Był bardzo smutny ponieważ nie mógł zrozumieć, dlaczego jego najlepszy przyjaciel zostawił go samego nie mówiąc ani słowa.

Kameleon leżał na słońcu i wspominał jak razem świetnie się bawili, kiedy dostrzegł mały kokon, wisiał on na gałązce, na której gąsienica zawsze jadła swoje ulubione liście.

„Hmmm... co to może być?"- zastanawiał się kameleon. Nigdy wcześniej czegoś takiego nie widział. Był przekonany że jak zasypiał to kokonu tam nie było.

Przez pierwsze kilka minut, kameleon nieruchomo obserwował kokon ze swojego kamienia. Gdy upewnił się że nie jest niebezpieczny, podszedł bliżej krzaczka i wspiął się po nim.

Przyglądał się z wielką ciekawością, drapiąc swoją zieloną głowię zastanawiał się co to może być, kiedy nagle kokon zmienił kolor z zielonego na różowy.
Kameleon przestraszony zeskoczył z gałązki, ale po chwile, dalej obserwować kokon z daleka

„Najpierw zielone....Teraz różowe? Co to jest?"- zastanawiał się potrząsając głową
Z coraz większym zainteresowaniem zastanawiał się co to może być i dlaczego zmienia kolor.
Zbierając się na odwagę, postanowił podejść bardzo, bardzo blisko i spróbować tego dotknąć, ale zanim go dosięgnął ... Kokon niespodzianie się poruszył.
Kameleon przestraszył się tak bardzo, że spadł z gałązki, fikołkując kilka razy wylądował na trawie.

Szybko pobiegł i schował się za szarym kamieniem, trzymając się go mocno, po kilku sekundach jego skóra zmieniła kolor z zielonego na szary, ale to nie była magia, takie rzeczy zdarzają się kameleonom bardzo często, ponieważ jest odmianą jaszczurki która jak chce się schować to przybiera kolor tego na czym się znajduje.

Kameleon ze zdumieniem obserwował co się dzieje, zauważył że coś zaczęło się wykluwać z kokonu, po kilku sekundach zobaczył pięknego różowego motyla, który od razu zaczął latać nad krzaczkiem i wołać:

- Kameleon! Kameleon! Gdzie jesteś? Wyjdź! Pokaż się!

Kameleon był tak strasznie zaskoczony że nie odpowiedział na wołanie motyla.

„Skąd on mnie zna? Dlaczego mnie woła?" – zastanawiał się dalej zakamuflowany z kamieniem

- Kameleon! Kameleon! Gdzie jesteś? Wyjdź! To ja, gąsienica!

Kameleon nie mógł uwierzyć własnym uszom. Motyl był jego starym przyjacielem gąsienicą? Jak to możliwe? Wyglądał całkiem inaczej niż wcześniej!

Kameleon zaczął z powrotem zmieniać kolor skóry na swój naturalny zielony, ale dalej chował się za kamieniem.

Motyl podleciał bliżej i trzepocząc swoimi pięknymi kolorowymi skrzydełkami powiedział:

- Kameleon to naprawdę ja! Przemieniłem się kiedy spałeś! Próbowałem cię obudzić ale nie mogłem, chrapałeś strasznie głośno!

Nieśmiało i powoli Kameleon puścił się kamienia i wychylił z jego cienia.

- To naprawdę ty? – zapytał.

Motyl uśmiechnął się, dostrzegając swojego przyjaciela wyglądającego z za kamienia, zaczął latać wokół niego

- Lubisz nowego mnie? Dalej chcesz być moim przyjacielem?

Kameleon w końcu zrozumiał że to naprawdę jest jego przyjaciel i poczuł się bardzo szczęśliwy że w końcu go odnalazł. Z wielkim uśmiechem na ustach odpowiedział:

- Strasznie się zmieniłeś! Ale pięknie wyglądasz... Zawsze będziemy przyjaciółmi. Musisz mi opowiedzieć jak to możliwe że z małej gąsienicy przemieniłeś się w tak pięknego motyla!

- Oczywiście, przejdźmy się a wszystko ci opowiem! – powiedział motyl zbliżając się do przyjaciela. Kameleon odwrócił się plecami do motyla i powiedział:

- Wskakuj, mój przyjacielu!

Motyl usiadł mu na ramieniu i rozmawiając udali się w stronę sadu pomarańczy.

NIEDŹWIEDŹ I RYBA

*D*awno, dawno temu w górach znajdował się piękny, zielony las, tam wzdłuż najwyższego

wzgórza, płynęła wielka rzeka, w jej przejrzystych, niebieskich wodach mieszkała fioletowa rybka, która była przyjaciółka wielkiego, brązowego niedźwiedzia.

Przyjaciele od zawsze próbowali znaleźć wspólną zabawę ale że rybka mieszkała w wodzie a niedźwiedź na lądzie, nie było to łatwe zadanie.

Pewnego słonecznego dnia, niedźwiedź postanowił udać się na brzeg rzeki i odwiedzić rybkę.

- Cześć rybka! Jesteś tam? – zawołał niedźwiedź, pochylając się nad wodą.

Mała, fioletowa rybka wyskoczyła z wody tak wysoko jak tylko umiała.

- Cześć! Czekałam na ciebie cały dzień! – krzyknęła.

- Chcesz się pobawić? – zapytał niedźwiedź uśmiechając się.

- Tak! W co się będziemy bawić?

Niedźwiedź drapiąc swoją dużą brązową głowę, zastanawiał się przez dłuższą chwilę, w końcu wpadł na świetny pomysł, podskoczył i zaczął biegać w kółka po łące.

- Co robisz? – zapytała rybka.
Brązowy niedźwiedź uśmiechnął się szeroko i krzyknął:
- Złap mnie jeśli potrafisz!
Rybka strasznie posmutniała i podpływając do brzegu.
- Ale... Zapomniałeś? Ja nie umiem biegać!
Słysząc to niedźwiedź, podszedł do niej i zasmucony odpowiedział:
- O tak... przepraszam, mój przyjacielu. Co będziemy teraz robić? Jak będziemy się teraz bawić?
Mała rybka przyłożyła swoją fioletową płetwę do czerwonych ust.
- Hm... Niech pomyślę... O wiem! Pobawmy się w chowanego!
Niedźwiedź klasnął w swe durze brązowe łapy.
- Co za wspaniały pomysł! Pobawmy się! Pobawmy! – krzyczał.
Rybka wyskoczyła z wody robiąc salto w powietrzu i wskoczyła z powrotem do rzeki, zanurkowała bardzo głęboko i schowała się pod kamień.
Niedźwiedź próbował ją znaleźć ale nie umiał pływać więc zawołał smutnym głosem:
- Rybko! Rybko!
Gdy go usłyszała od razu wypłynęła na powierzchnię.
- Co się stało?
Duży brązowy niedźwiedź z kwaśną miną powiedział:
- Nie umiem pływać pod wodą przyjacielu... Co będziemy robić? Nigdy nie znajdziemy wspólnej zabawy! – stwierdził zrezygnowany.

Fioletowa rybka westchnęła głęboko potrząsając swoją płetwą grzbietową. Podpłynęła do Niedźwiedzia siedzącego na brzegu rzeki.

- Dlaczego nigdy nie możemy znaleźć zabawy dla siebie? – zapytał Niedźwiedź.
Ze złości Rybka uderzyła ogonem o tafle wody, kilka kropel poleciało na niedźwiedzia…

- O wiem! Mam doskonałą zabawę dla nas!

- Naprawdę? Jaką? Jaką? Powiedz mi! – Niedźwiedź uśmiechnął się szeroko.

- Pobawimy się… w CHLAPANEGO! – odpowiedziała rybka i ochlapała Niedźwiedzia.
Niedźwiedź włożył łapę do wody i ochlapał rybkę.

Przyjaciele śmiejąc się głośno toczyli walkę chlapiąc się wodą nawzajem.

- Ta zabawa jest najlepsza na świecie! – powiedziała szczęśliwa rybka.

- Wiem! – odpowiedział niedźwiedź. – Zabawa w chlapanego to moja ulubiona zabawa!

GAZELA I LEW

𝒟awno, dawno temu, Na innym kontynencie który nazywa się Afryka, mieszkał duży

lew. Był on królem Sawanny i wszyscy się go bali. Lew miał piękną ciemnobrązową grzywę wokół głowy i ogromne, bardzo ostre zęby. Kiedy zaryczał, nawet ziemia się trzęsła.

Lew zawsze wylegiwał się na dużym, płaskim kamieniu, dumnie oglądał wszystkie zwierzęta. Wszyscy go podziwiali, ale nikt nie odważył się z nim porozmawiać, ponieważ każdy strasznie się go bał.

Ale nikt nie zdawał sobie sprawy że ten wielki, straszny lew w rzeczywistości był bardzo miły i nieśmiały, a także życzliwy i uprzejmy oraz miał wielkie serce.
Lew zawsze chciał zaprzyjaźnić się i rozmawiać z innymi zwierzętami ale przez jego nieśmiałość i przez ich strach, Lew czuł się bardzo samotny.

Gdy Lew siedział na swoim dużym, szarym kamieniu zobaczył małą pomarańczową gazelę bawiącą się ze przyjaciółmi.

Gazela była nadzwyczaj odważna, ale uparta i bardzo ale to bardzo niezgrabny i dlatego zawsze przegrywał we wszystkich grach i zabawach.

Pewnego Dnia, Gazela założyła się z przyjaciółmi że potrafi wspiąć się na drzewo, ale wszyscy wiedzieli że Gazele nie wspinają się po drzewach bo nie mają stóp czy lap tylko kopyta.

Przyjaciele próbowali jej wytłumaczyć że Gazele nie wspinają się po drzewach ale ona była za uparty aby się poddać. Spędziła cały dzień na wspinaniu się, tylko po to aby ześlizgnąć się z powrotem na dół.

Zdeterminowana, dalej próbowała, wspinała się i zjeżdżała w dół, wspinała się i zjeżdżała w dół, raz po razie.

Lew oglądał całą sytuację ze swojego kamienia, śmiejąc się cały czas.

W końcu gazela nie tylko ześlizgnęła się z drzewa ale także potknęła się i upadła na trawę do góry nogami.

Lew zaczął śmiać się tak głośno, że wszystkie ptaki przestraszyły się i odleciały.

Słysząc jego śmiech, gazela wstała i mimo że bolały ją wszystkie kości od upadku to strząsając piach ze swojego futerka, podeszła do Lwa.

- Przestań się ze mnie śmiać, Lwie! – powiedziała z wielką odwagą grożącym głosem, wypinając do przodu klatkę piersiową.

Wszystkie zwierzęta, zdumione spojrzały na Gazele, później na Lwa, znowu na gazele i z powrotem na Lwa. Na Sawannie Zapadła martwa cisza, nikt nie poruszył nawet małym paluszkiem, każdy czekał aby zobaczyć co się dalej stanie.

Lew wstał z kamienia i zaryczał tak głośno jak tylko mógł.
Dźwięk był tak przerażający że wszystkie zwierzęta zaczęły uciekać i chować się, gdzie tylko mogły. Kiedy straszny ryk Lwa ucichł, znowu zapadła cisza, Lew otworzył oczy i zobaczył że wszystkie zwierzęta uciekły, oprócz małej odważnej Gazeli, która stała w dokładnie tym samym miejscu co wcześniej. Lew był strasznie zdumiony.

- Nie boisz się mnie, Gazelo? – zapytał.
Gazela nabrała powietrza w płuca i drżącym głosem odpowiedziała:

- Oczywiście że się boją… Przecież jesteś wielkim strasznym Lwem, a ja tylko małą Gazelą, ale to nie znaczy że możesz się ze mnie śmiać! – stawiając jedno kopyto na drugim, niechcąco potknęła się i upadła.
Lew znowu zaczął się śmiać potrząsając swoją piękną grzywą. Naprawdę lubił tą małą, odważną Gazelę. Zeskoczył z kamienia i pomógł jej wstać. Gazela była zaskoczona ale mimo to uśmiechnęła się do Lwa.

- Wygląda na to że nie jesteś takim strasznym Lwem jak wszyscy myślą?
- Nie. Nie jestem! – odpowiedział Lew uśmiechając się do niej i poczochrał ją po głowie.

Tego dnia Gazela nauczyła się, że nie potrafi wspinać się po drzewach i co najważniejsze, poznała nowego przyjaciela.

Od tego momentu, Lew i Gazela zaprzyjaźnili się na zawsze i wspólnie rządzili sawanną.

W słoneczne dni, razem siedzieli na wielkim, płaskim kamieniu śmiejąc się i rozmawiając, a wszystkie zwierzęta patrzały na nich ze zdumieniem i zastanawiały się, jak to możliwe że taka mała Gazela jest przyjaciółką Króla Lwa.

Made in the USA
Monee, IL
28 November 2021